AF319392

# NOTICE

SUR

L'EAU GAZEUSE NATURELLE

DE

# SAINT-GALMIER

(SOURCE RÉMY).

## CONCESSIONNAIRES

CAZAUX Frères, à Saint-Galmier

(LOIRE).

## ENTREPOT GÉNÉRAL A PARIS

COMPAGNIE DES PROPRIÉTAIRES DE SOURCES D'EAUX MINÉRALES

Anc^{ne} Maison CAZAUX aîné

## A. CAYRON s^{r}

3 et 8, Passage Sainte-Croix-de-la-Bretonnerie,
et 9, rue des Billettes.

# NOTICE



de

# SAINT-GALMIER

Parmi les diverses eaux minérales gazeuses naturelles actuellement en usage, celle de Saint-Galmier occupe sans contredit la première place.

Depuis quelques années surtout, son débit a pris en France et en Europe un développement considérable.

Le public, fatigué à juste titre de ces eaux gazeuses artificielles qu'une industrie souvent peu scrupuleuse livre à la consommation au grand détriment de la santé générale, se rejette avec empressement sur l'eau des sources naturelles dont il voudrait bien avoir connu plus tôt les propriétés bienfaisantes et l'incontestable supériorité.

L'eau de Saint-Galmier, nous le répétons sans crainte d'encourir le reproche d'exagération, est celle qui jouit auprès de lui de la plus grande réputation et à laquelle il accorde son entière faveur.

Toutes les tables, depuis les plus somptueuses

jusqu'aux plus modestes la connaissent et lui font bon accueil.

Elle s'impose au goût de chacun par son exquise saveur, ses qualités hygiéniques et l'excessive modicité de son prix. Nulle n'est meilleure en effet, et ne se vend pourtant à si bon marché. Aussi, personne n'ignore-t-il maintenant, que l'eau de Saint-Galmier est une boisson très-agréable, légèrement stimulante, qui éveille l'appétit, ranime les digestions languissantes et peut également concourir avec succès au traitement médicamenteux d'affections diverses. On sait surtout, et c'est là son plus grand mérite, que mélangée au vin, aux sirops, ou bien additionnée de sucre aromatisé avec du jus de citron, elle compose une boisson délicieuse et d'une fraîcheur parfaite.

Ses titres, comme auxiliaire précieux de la thérapeutique ne sont pas moins évidents.

L'action de cette eau bienfaisante s'exerçant en partie sur le tube digestif et ses annexes, a la propriété d'augmenter l'absorption qui s'opère dans l'estomac et dans l'intestin et de faciliter le travail de la digestion tout en flattant jusqu'à la sensualité le goût de ceux qui en font usage.

On a tout dit sur l'eau de Saint-Galmier, et les plumes autorisées des plus grands médecins se sont montrées unanimes pour vanter sans restriction leurs propriétés toniques, digestives et anticalculeuses.

Les écrits nombreux de docteurs tels que Messieurs Maurel, Boulanger, Ladevèze, Lanyer, Patissier, Viricel, Amédée Latour, Constantin James, etc., etc., et les appréciations scientifiques de Mes-

sieurs O. Henry, Durand-Fardel, Soquet et Petre-
quin sont là pour prouver sans conteste la valeur
et la puissance curative des eaux de Saint-Galmier.

Devant de pareils noms, il serait presque puéril
d'entreprendre à nouveau l'éloge raisonné desdites
eaux.

Tout au plus, et avant d'aborder le sujet qui fait
le but principal de cette notice, croirons-nous néces-
saire d'affirmer par quelques chiffres authentiques
le prodigieux développement qu'a pris en France
et à l'étranger le débit des eaux de Saint-Galmier.

Ainsi en 1851, les sources André et Badoit ex-
pédiaient chacune près de 800,000 bouteilles.

En 1859 (la source Fonfort découverte), le chiffre total d'expéditions montait à plus de 3 millions
de bouteilles.

Enfin, en 1864, c'est-à-dire en l'espace de 13
années, la réputation des eaux de Saint-Galmier
avait pris de telles proportions que 4,000,000 de
bouteilles suffisaient à peine à satisfaire les nombreuses commandes qui affluaient de toutes
parts.

Que dire en face de pareils chiffres ? quoi de
plus laconique et à la fois de plus éloquent !

Jusqu'en 1864, il fut donc permis de croire que
l'eau de Saint-Galmier, si dignement représentée
au dehors par les sources *André*, *Badoit* et *Fonfort*, avait dit son dernier mot.

Ces trois sources, très-abondantes, d'une composition à peu près identique, suffisaient à sa
gloire, et hardiment lui donnaient déjà le pas sur

toutes les eaux minérales gazeuses de France et d'Allemagne.

Condillac, Renaison, Couzan, Grandif, Schwalheim, Bussang, Selzters, quoique plus anciennement connues pour la plupart, s'effaçaient modestement devant elle et devant son incontestable supériorité.

Entre les trois sources ci-dessus nommées, la science ne faisait pas de distinction bien marquée. Pour elle *Badoit*, *André* ou *Fonfort* étaient synonymes. Ayant la même origine et à peu près la même constitution, toutes trois se voyaient également recommandées par les médecins.

Quant au public, il trouvait son compte à boire indifféremment de l'une ou de l'autre, puisque chacune d'elles lui offrait à un même degré cette saveur exquise, ces qualités hygiéniques et médicamenteuses dont nous avons essayé plus haut de donner un léger aperçu.

Rien, d'après cela, semblait-il, ne pouvait donc plus ajouter à la réputation des eaux de Saint-Galmier, ni augmenter encore la vogue dont elles jouissent dans l'Europe entière.

On se trompait.

A cette même époque (1864), des fouilles opérées dans le parc de M. Thiollière de la Garinière, un des hommes les plus honorables du département de la Loire, et l'un des plus riches propriétaires de Saint-Galmier, mirent au jour une source qu'à première analyse on n'hésita pas à classer au même rang que ses aînées. Cette nouvelle venue reçut le nom de *Source Rémy*.

On la baptisa ainsi sans trop se douter de la célébrité qui devait bientôt s'attacher à son nom ; sans deviner surtout qu'avant peu et grâce à une composition supérieure, à des travaux de captage soigneusement exécutés, la *Source Rémy* éclipse-serait ses voisines et porterait à son apogée la réputation déjà si considérable des eaux de Saint-Galmier.

Après une seconde analyse plus exacte et plus scrupuleuse que le première, un rapport détaillé fut présenté à l'Académie par M. Gobley, au nom de la commission des eaux minérales. Nous croyons bien faire, en mettant sous les yeux du lecteur le texte officiel de ce document, qui dans sa laconique impartialité, en dit plus long sur la supériorité de la *Source Rémy* que tout ce que nous pourrions en dire nous-mêmes :

« Rapport sur une nouvelle source (source Thiollière), découverte à Saint-Galmier (Loire), fait au nom de la commission des Eaux minérales (M. Gobley rapporteur).

Le sieur Thiollière sollicite l'autorisation d'exploiter une source d'eaux minérales, qu'il a découverte dans son parc, à Saint-Galmier. A l'appui de cette demande, l'Académie a reçu : 1° un certificat de puisement délivré par le commissaire de police de Saint-Galmier ; 2° un avis du conseil d'hygiène de l'arrondissement de Montbrison ; 3° un rapport de l'ingénieur des Mines.

D'après le rapport de l'ingénieur, la source du sieur Thiollière arrive dans un puits de 11 mètres de profondeur creusé dans les porphyres ; le captage peut être considéré comme bien exécuté ; le débit est de 22,000 litres environ par jour.

1.

SOURCE REMY

« CETTE EAU EST TRÈS GAZEUSE; elle dégage de nombreuses bulles d'acide carbonique dès qu'elle est au contact de l'air; elle précipite par les réactifs indiquant la présence de la chaux, des sulfates et des chlorures.

»Par l'évaporation, elle laisse un dépôt très-blanc et en cela elle diffère de certaines sources exploitées à Saint-Galmier, et contenant du fer. Un litre d'eau laisse 1 gr. 850 de résidu composé comme il suit, d'après l'analyse faite par M. Bouis:

| | |
|---|---|
| Résidu insoluble | 0, 020. |
| Albumine et oxyde de fer | 0, 020. |
| Chaux | 0, 436. |
| Magnésie | 0, 251. |
| Soude | 0, 159. |
| Chlore | 0, 121. |
| Acide sulfurique | 0, 490. |
| Acide carbonique | 0, 380. |
| | 1, 877. |

Nombres qu'on peut représenter ainsi :

| | |
|---|---|
| Résidu insoluble | 0, 020. |
| Albumine et oxyde de fer | 0, 020. |
| Carbonate de chaux | 0, 780. |
| — de soude | 0, 089. |
| Sulfate de magnésie | 0, 741. |
| Chlorure de sodium | 0, 200. |
| | 1, 850. |

»La composition de cette eau est identique ou au moins présente une très-grande analogie avec les sources Fonfort et Badoit, depuis longtemps ex-

ploitées. La commission vous propose de répondre
à M. le ministre qu'il y a lieu d'accorder l'autorisation sollicitée. »

Avons-nous besoin d'ajouter qu'après l'énoncé
de cette analyse, l'Académie de médecine adopta
à l'unanimité la proposition du rapporteur et que
l'autorisation du ministre de l'agriculture et des
travaux publics fut une conséquence immédiate
des décisions de la docte assemblée?

—

On voit d'après l'analyse de M. Bouis que l'eau
de la source Rémy réunit à un degré supérieur
tous les éléments contenus dans les autres sources
ses voisines. On a pu voir en outre que le principe
gazeux dominait chez elle dans des proportions
considérables. Cet avantage immense et sur lequel nous ne saurions trop appeler l'attention du
public, s'explique par la situation même de la
nouvelle source et par les soins minutieux appor-
tés dans les opérations de captage et les procédés
d'embouteillage.

Nous allons en peu de mots donner au lecteur
un aperçu de ces travaux.

La source Rémy située, comme toutes les autres
sources de Saint-Galmier, en contre-bas de
ville, conserve cependant sur ses rivales, un im-
portant avantage de situation. Elle se trouve plus
éloignée que celle-ci d'une cinquantaine de mètres
environ de distance en amont de la petite rivière
la Coise. Circonstance favorable qui la met à l'abri
de tout contact pouvant affaiblir la limpidité de
ses eaux et la puissance de ses effets gazeux.

Son point d'émergence est à 14 mètres au-dessous du sol.

L'aménagement de la source a été pratiqué au moyen d'un puits creusé dans les porphyres à une profondeur de 14 mètres environ et dont le diamètre est de 2 mètres 50.

Le débit de la source Rémy est, nous l'avons vu, de 22,000 litres par jour.

Le captage, dont l'exécution a été faite avec les plus grands soins, peut être considéré comme ne laissant rien à désirer.

D'autre part, tous ceux qui ont visité la source Remy ont pu voir s'élever à la surface les globules de gaz avec une étonnante rapidité et une force énorme qui rappellent à l'esprit les effets d'une vaste chaudière d'eau en ébullition.

Bien que les autres sources de St-Galmier présentent des effets à peu près analogues, la source Rémy est sans conteste celle dont la puissance gazeuse est la plus remarquable à tous les titres. L'analyse scientifique est là du reste pour appuyer notre assertion. Aussi afin de lui conserver ses propriétés exceptionnelles et de pouvoir puiser l'eau dans toute sa force, sans rien diminuer de son énergie gazeuse, les propriétaires n'ont-ils reculé devant aucun travail, omis aucun détail.

Ainsi, par exemple, l'eau de la source Rémy, n'est point puisée à l'aide de pompes aspirantes. C'est au griffon même que s'opère le travail de l'embouteillage. De cette façon, point de perte de gaz, aucune crainte de détériorer ou d'affaiblir le liquide.

On a creusé latéralement, au moyen d'une profonde tranchée une grande fosse destinée aux travaux de l'embouteillage de l'eau. Un tuyau traversant seulement l'épaisseur du puits permet de conduire le liquide sans qu'il soit mis en contact avec l'air extérieur jusqu'au point du griffon même de la source.

Ces deux opérations du rinçage et de l'embouteillage sont fort délicates et demandent les soins les plus scrupuleux. Elles entraînent avec elles la conservation même et la limpidité des eaux.

C'est à ce double point de vue qu'a été traité l'aménagement spécial de la source Rémy.

Dans la cave qui lui sert pour ainsi dire d'annexe, un large escalier à pente douce, divisé en trois paliers se trouve habilement ménagé et facilite aux ouvriers la montée des bouteilles et leur descente dans le cellier. C'est dans ce cellier que s'opère le bouchage instantané des bouteilles remplies deux ou trois secondes avant. Comme on le voit, ces diverses opérations sont faites, grâce à l'intelligence des aménagements, avec une rapidité qui ne laisse aucune crainte quant à la détérioration possible des produits.

A la seconde montée de l'escalier et sous une nouvelle voûte, on a fait l'heureuse découverte d'une source minérale gazeuse assez abondante. Un réservoir destiné au rinçage des bouteilles, qui est comme on l'a déjà dit, un point des plus essentiels, a été tout aussitôt établi.

La source Rémy si importante par l'excellence et les vertus de ses eaux gazeuses, a donc vu s'accroître encore sa juste célébrité par les travaux d'appropriation et d'utilité pratique qui y ont été faits. On peut aujourd'hui déclarer hautement qu'il est tout aussi facile de se procurer, aussi bien n'importe où qu'à St-Galmier même, les eaux gazeuses naturelles de la source Rémy dans leur inaltérable limpidité et avec leurs précieux avantages hygiéniques.

Il nous semble inutile d'insister plus longtemps sur la valeur et l'importance de cette source. Sa supériorité s'affirme avec évidence, d'après les documents cités, non-seulement sur les eaux similaires des autres contrées, mais encore sur les sources ses voisines dont elle fait sensiblement pâlir l'antique et juste renommée.

Ajoutons simplement pour terminer que la source Rémy, dont MM. Cazaux frères, à Saint-Galmier, sont concessionnaires exclusifs, a expédié au dehors et seulement depuis près de six mois un demi-million de bouteilles.

Encore un chiffre qui vaut bien des alinéas.

Quoique récemment découverte et mise en exploitation réglée, l'eau de la source Rémy est une de celles que Messieurs les médecins de Paris et de Lyon recommandent de préférence à leur clientèle. Ses qualités toniques et digestives, sa saveur et sa limpidité parfaites, l'abondance de gaz qui s'y trouve contenue, justifient hautement cette préférence et sont des titres qui assurent à la source Rémy le premier rang parmi les eaux gazeuses minérales de France et de l'étranger.

# EAU DE VICHY.

# SOURCE LARBAUD

APPROUVÉE PAR L'ACADÉMIE DE MÉDECINE.
AUTORISÉE PAR ARRÊTÉ MINISTÉRIEL DU 23 JANVIER 1861.

Les eaux de Vichy sont employées dans les *affections des voies digestives, maladies du foie, coliques hépatiques, gravelle, calculs urinaires, obésité, goutte, rhumatismes, diabète sucré, albuminurie*.

Tous les principes essentiels aux eaux de Vichy existent suivant les proportions sensiblement identiques, dans les diverses sources appartenant soit à l'Etat, soit à des particuliers; la plus grande différence entre les sources réside dans leur température, qui varie entre 15 et 41 degrés. De là l'indication par le médecin d'une source plutôt que d'une autre pendant le séjour du malade à Vichy.

Pour les eaux à transporter hors de Vichy, les applications spéciales des différentes sources s'effacent et l'on peut employer indifféremment l'une ou l'autre. Cependant, les auteurs qui ont écrit sur ces thermes, recommandent spécialement les sources froides, parce qu'elles retiennent mieux le gaz, agent conservateur des principes contenus dans les eaux de Vichy.

La SOURCE LARBAUD, d'une température du 16 degrés et d'une riche minéralisation, tient le premier rang parmi les eaux propres à l'expédition.

Les prix de vente de la source Larbaud sont, néanmoins, inférieurs à ceux des autres eaux, parce que comme propriété privée, elle est affranchie des charges dont les autres eaux sont grevées.

PRIX A VICHY : 50 centimes la bouteille, par caisses de 20 ou 50 bouteilles, emballage compris. Ecrire au régisseur de la source Larbaud à Vichy, quai des Célestins.

PRIX A PARIS : 60 centimes la bouteille, 55 centimes par caisses de 20 ou 50 bouteilles rendues à domicile.

DÉPOT GÉNÉRAL à Paris, dans les Magasins de la Compagnie des Propriétaires de sources,

ANCIENNE MAISON CAZAUX

# A. CAYRON, Sr

6 et 8, *Passage Sainte-Croix-de-la-Bretonnerie*, 6 et 8.

**PARIS.**

# CRÈME
# D'HUILE DE FOIE DE MORUE
## De N. JOLY.

Tout le monde connaît l'efficacité de l'huile de foie de morue prise dans les cas de rachitisme, de phthisie pulmonaire, de tumeurs blanches, de toux opiniâtre, de rhume négligé, du mal de Pott, de diathèses scrofuleuse, tuberculeuse, syphilitique, et surtout dans le cas d'épuisement par suite de fièvres endémiques, paludéennes et autres ; mais ce que tout le monde sait aussi, c'est que le malade éprouve une répugnance si invincible à prendre ce remède, que le plus souvent il s'abstient, malgré les heureux résultats qu'il en pourrait attendre, et alors même que l'espoir de la guérison devrait être pour lui un encouragement.

Rendre l'huile de foie de morue agréable à prendre sans en altérer la vertu, tels étaient les termes d'un problème qui, malgré de laborieuses recherches, attendait encore sa solution, lorsque apparut la **Crème d'huile de foie de morue de M. N. JOLY.**

Par un procédé de son invention, M. Joly prépare l'huile de foie de morue et la présente au malade sous la forme d'une boisson exquise et d'une digestion facile, tout en conservant à ce médicament ses précieuses qualités.

Les heureux résultats de cette savante préparation s'affirment par des expériences faites tant dans les hôpitaux qu'en ville, par nos plus célèbres médecins, et par les prix décernés à ce produit.

## MODE D'EMPLOI.

La **Crème d'huile de foie de morue** se prend pure ou mieux dans une quantité d'eau représentant le triple de son volume. On mettra la crème dans un verre, on l'agitera en versant l'eau par petites quantités. Ce mélange ainsi fait a le goût de l'orgeat ou du lait d'amandes.

Les doses seront celles qu'ordonnera le médecin ; elles sont ordinairement de 2 à 4 cuillerées à café par jour pour les enfants, et de 2 à 4 cuillerées à dessert pour les adultes.

### PRIX DU FLACON : 4 FRANCS.

### DÉPOT GÉNÉRAL A PARIS,

*E. LEROY, pharmacien de 1re classe, rue d'Antin, 13, à Paris.*
Se trouve dans toutes les bonnes pharmacies de France et de l'étranger.

# PILULES ANTINÉVRALGIQUES

DU

## Docteur CRONIER.

---

## 3 fr. la Boîte.

---

La **névralgie** est une lésion de l'innervation qui n'est point consécutive à une altération organique, qui établit son siége sur le trajet d'un nerf, et qui est enfin caractérisée par des douleurs lancinantes, se manifestant par accès à des intervalles plus ou moins éloignés et dont la durée n'est pas limitée.

C'est cette définition qui m'a guidé dans la formule des pilules **antinevralgiques** qui portent mon nom, et qui reposent sur les bases les plus sérieuses : aussi calment-elles toutes les affections névralgiques, et cela en moins d'**une heure**.

---

Les causes diverses qui occasionnent journellement les névralgies sont le plus souvent dominées par une **prédisposition constitutionnelle**, qui n'est elle-même que l'excès d'un tempérament nerveux, le **sexe féminin**, l'**hérédité**, la **jeunesse**, les **époques critiques**, les **hémorragies** les **flueurs blanches**, la **chloro-anémie**, les **souffrances prolongées**, les **influences morales** et **intellectuelles**, la **vie mondaine** et **oisive**, et les **contrariétés**. Les influences **atmosphériques** ont une très-grande part aussi dans les névralgies, telles que **faciale, rhumatismale, sciatique**, et la **migraine**, qui n'est autre chose qu'une névralgie du cuir chevelu.

---

Toutes ces maladies, qui font tant souffrir les personnes qui en sont affectées, et qui résistent à presque tous les traitements, sont calmées par les Pilules en quelques instants.

Nous nous abstenons de donner la manière de les employer, vu qu'elle se trouve dans toutes les boîtes de pilules.

*P. S.* La science ayant fait de très-grands progrès sur les névralgies depuis que le docteur Cronier a publié la première partie de son ouvrage, il prévient ses confrères et le public qu'il va faire une deuxième édition qui sera livrée par fascicules de 120 pages, et cela aussi promptement que la science le lui permettra.

2.

# MORISON'S PILLS

MONSIEUR ET HONORÉ CONFRÈRE,

En vous annonçant mon changement de domicile, pour cause d'agrandissement, je crois devoir vous donner quelques détails sur une série d'annonces, en voie de publication dans les journaux de Paris.

Les **Pilules Morison,** que mon prédécesseur, M. ARTHAUD, et moi ensuite, préparons depuis trente ans, viennent d'être, entre M. Morison et moi, le sujet d'une contestation.

A la suite des nombreuses contrefaçons qui se sont produites et qui ont fait baisser la vente de notre fabrication, les prétentions persistantes et exagérées de ces messieurs ne me permettaient plus de continuer à leur servir une redevance en argent, qui n'était que le prix d'un nom trop chèrement acheté.

MM. Morison étant Anglais ne peuvent expédier et encore moins fabriquer en France une préparation médicale; ils ne sont ni médecins ni pharmaciens.

Ma fabrication sera toujours la même et conservera le nom de **Pilules Morison,** sous lequel elle est connue dans la pharmacie et dans le commerce, grâce à mes efforts et à ceux de mon prédécesseur.

Les nouveaux procédés de fabrication me permettent de faire mieux que par le passé, en me mettant à même de diminuer les prix.

Les affirmations répétées de MM. **Morison** et toutes les significations qu'ils pourront faire, ne peuvent pas modifier l'existence d'un fait, à savoir : que toutes les **Pilules Morison** qui, depuis plus de trente ans se sont vendues et se vendent en France, sous cette dénomination, sont sorties de la pharmacie **Arthaud-Moulin** dont je suis aujourd'hui le seul propriétaire.

A l'avenir, les boîtes de **2** fr. pour le public, seront livrées à raison de **70** centimes net aux pharmaciens. Les mêmes conditions seront faites pour les boîtes de **4, 6** et **14 fr.,** ainsi que pour les Limonades.

## REMISE POUR LA DROGUERIE.

Dans l'espoir, Monsieur, que vous voudrez bien m'honorer de votre confiance, comme les années précédentes, je vous prie d'agréer les salutations respectueuses, de votre tout dévoué.

**MOULIN, pharmacien,** 30, rue Louis-le-Grand, Paris.

*P. S. Je crois devoir aviser MM. les Pharmaciens que tous les prospectus des véritables* **Morison's Pills** *doivent porter le nom de Paul Dupont, imprimeur.*

# CHOCOLATS
# MÉDICINAUX-COLMET

SEULS HONORÉS DE MÉDAILLES
D'OR, ARGENT ET BRONZE AUX DIVERSES EXPOSITIONS
ET JOURNELLEMENT CONSEILLÉS
PAR LES PREMIERS MÉDECINS DES HOPITAUX DE PARIS

## CHOCOLATS FERRUGINEUX COLMET

Leur goût agréable, la facilité avec laquelle peuvent en continuer l'usage les personnes les plus difficiles, les font préférer des médecins dans le traitement des nombreuses affections qui exigent l'emploi des Ferrugineux.

Ils sont en effet souverains contre la *chlorose, l'anémie, les pâles couleurs, les tiraillements d'Estomac, les pertes blanches, les palpitations nerveuses du cœur, l'essoufflement facile, l'épuisement prématuré,* etc., etc.

Ils se délivrent au public en tablettes séparées de 1 à 1/2 kil. ou bien en boîtes sous forme de bonbons candis. Le 1/2 kil. **5 fr.**, la boîte bonbons **3 fr.**

## CHOCOLAT PURGATIF COLMET

La faveur toujours croissante dont jouit le Chocolat **Purgatif-Colmet**, indique assez quels services il rend à la Thérapeutique, il est en effet journellement conseillé pour combattre *les congestions sanguines de la tête, la constipation, les bourdonnements d'oreilles, la paralysie, les accès d'asthme et de goutte,* enfin comme *anti-bilieux* et *anti-glaireux* à la suite de beaucoup de maladies. Prix de la boîte **1 fr. 25 c.**

## PRALINES DE CHOCOLAT VERMIFUGE COLMET

Composées de santonine purifiée alliée à une pâte de bon chocolat, ces pralines représentent le vermifuge le plus sûr et le plus employé dans la médecine des dames et des enfants. Elles ont l'extrême avantage sur les vermifuges ordinaires de pouvoir toujours être administrées sans le moindre inconvénient. Prix des flacons, **2 fr. 50 c.** et **1 fr. 25.**

Dépôt général, pharmacie de **Colmet**, inventeur, 12, *rue Neuve-St-Merry*, à **Paris**, et dans les principales Pharmacies.

*Exiger le nom de Colmet sur chaque article.*

# LIQUEUR FERRUGINEUSE

DE

# CARRIÉ

AU

## Tartrate Ferrico-Potassico-Ammonique

INALTÉRABLE.

Parmi les meilleures préparations martiales dont la thérapeutique s'est enrichie, nous citerons, en première ligne, le **tartrate ferrico-potassico-ammonique**, obtenu par l'ingénieux procédé de M. Carrié, pharmacien à Paris. Il résulte de ses recherches ainsi que des savantes analyses de M. Soubeiran et M. Miahle, que toutes les préparations martiales solubles, ou pouvant le devenir sous l'influence des sucs gastriques acides, et qui sont ensuite dans le cas d'être précipitées par les alcalis libres, sont employées avec de grands succès, tandis que celles de ces préparations qui ne sont point précipitables, manquant leur effet, l'économie ne s'assimile pas ces derniers produits, dont on retrouve si aisément la trace dans les urines.

Avec le tartrate ferrico-patassico-ammonique de Carrié, il arrive, au contraire, qu'au fur et à mesure que les éléments de l'acide tartrique sont tranformés en d'autres produits par l'oxygène du sang, l'oxyde de fer, mis en liberté, va se combiner, à la faveur de l'ammoniaque et des autres alcalis, avec les éléments albumineux, pour concourir efficacement à la reconstitution des globules sanguins.

Cette liqueur ferrugineuse est d'une couleur brun rougeâtre d'un goût tres-agréable, et elle jouit du précieux privilége de se conserver indéfiniment. Son usage ne donne lieu, en aucun cas, à une diminution de l'appétit, à des lenteurs de digestion, à des éructations nidoreuses, à de la diarrhée ou de la constipation. La dose habituelle est de deux cuillerées à café par jour : une au repas du matin, l'autre au repas du soir, dans un peu d'eau rougie ou de vin pur, ou même dans une eau minérale alcaline, telle que celle de St-Galmier, ou autre de même genre. M. le docteur Morpain en a fait l'éloge à la Société du 5me arrondissement, et un grand nombre de médecins l'emploient avec un succès soutenu contre l'anémie, la chlorose, l'extrême pâleur, les défaillances, la décoloration du sang, le bruit du souffle dans les principales artères, les névralgies diverses, et en général contre cet état de névropathie mal défini qui domine toute la pathologie de la femme

Paris, rue de Bondi, 38. — Dépôt général pour la Belgique, PHARMACIE ANGLAISE DE CH. DELACRE, Montagne de la Cour, 56, à Bruxelles. — En vente dans les principales pharmacies.

# TRAITEMENT

## DES

# FRÈRES M. MAHON

Seuls possesseurs de père en fils, depuis près d'un siècle, de procédés aussi doux que certains pour guérir les affections cutanées, telles que **TEIGNES, PITYRIASIS** de la tête, qui se manifestent par des pellicules, rougeurs et démangeaisons qui amènent la chute des cheveux lorsqu'il n'y est pas porté remède à temps. Ces affections peuvent occuper plusieurs points de la surface du corps.

Depuis 1806, cette méthode est appliquée : à l'Hôpital Saint-Louis, le lundi, à 11 heures, à l'Hôpital Beaujon, le samedi, à 11 heures ; à Paris, RUE SAINT-HONORÉ, 408, les mardis et samedis, de 12 à 4 heures, et tous les jours de 4 à 5 heures.

### Dartres : Acnés, Couperose, Mentagre, Eczema, Impetigo, etc.

| | |
|---|---|
| Pots pommade *A*, pour soigner et conserver les cheveux. | 1 fr. |
| — — *B*, contre Acnés, visages couperosés, etc. | 1 50 |
| — — *C*, contre Pityriasis, Dartres , Démangeaisons, etc...................... | 2 » |
| — — *D*, contre la Teigne, les maladies des cheveux et de la peau........................ | 1 » |
| — — *E*, contre psoriasis, prurigo, etc............. | 1 50 |
| Bouteilles eau à nettoyer la tête et à arrêter la chute des cheveux...................... | 1 » |
| — liniment pour décroûter et purifier............. | 1 » |
| — sirop dépuratif et légèrement purgatif MAHON. | 3 » |
| — — fondant *G*, *R*, *L*, pour Glandes, Rachitisme, Leucorrhées,.................... | 3 50 |
| Boîtes pilules purgatives, MAHON, à prendre deux chaque matin, à jeun............................ | 2 » |
| Bains thérapeutiques : la série se compose de 6 chac., soit 18. { *M*, pour Acnés et visages couperosés | 1 20 |
| *A*, pour Démangeaisons............ | 1 20 |
| *S*, pour maladie de peau.......... | 1 20 |

POUDRES indispensables à l'entière guérison des Maladies précitées et qui ne peuvent être appliquées ou envoyées que par les possesseurs du procédé, RUE SAINT-HONORÉ, 408, dans certaines limites et avec la connaissance spéciale qui leur est propre.

*Guérisons à forfaits* : 1,000 fr., 800 fr., 600 fr., 400 fr., 200 fr., 100 fr.

**Dépôts : chez les Pharmaciens**, et rue St-Honoré, 408, où 'on doit écrire pour les consultations ou renseignements, avec un mandat de **10 fr.**

# L'EAU DE LÉCHELLE
## PECTORALE HÉMOSTATIQUE

Il a été constaté par un grand nombre de praticiens, que ce liquide **régénère le sang**. Il est indispensable pour arrêter les hémorragies internes et externes ; il guérit les **pertes, blessures, crachement de sang, maladies de poitrine et de la gorge,** diarrhées et dyssenteries. Sous le nom d'hémostatique, l'Eau de Léchelle a été l'objet d'un mémoire adressé à l'Institut de France ; son utilité évidente dans tous les cas d'accidents graves, brûlures, etc., l'a propagée dans toutes les familles. — Flacons : **2 fr. 50 et 5 fr.**

# LA SOIE DOLORIFUGE LÉCHELLE
## SOIE ÉLECTRIQUE CONTRE LES DOULEURS

Honorée d'un rapport favorable d'une Commission de l'Académie de Médecine de Paris, cette Soie topidermique convient contre les *rhumatismes, la goutte, les névralgies*, et autres douleurs récentes ou anciennes des articulations, fraîcheurs.

La **SOIE DOLORIFUGE** se délivre au mètre pour gilets et caleçons, plastrons et ceintures. — Boîte : **3 fr.** — Tissu le mètre, **8 fr. et 10 fr.**

**Dépôt Général de l'emplâtre du Pauvre-Homme, 60 c.**

# LA NÉVROSINE LÉCHELLE
## REMÈDE SPÉCIAL DES MALADIES NERVEUSES

Il est peu de malades qui soient disposés à user d'un médicament dont l'effet est douteux. Contre les **névralgies** opiniâtres, **migraines,** spasmes, palpitations, **troubles nerveux,** insomnie, la **Névrosine** a donné lieu à de très-nombreuses guérisons de ces maladies qui avaient résisté à diverses médications. Ses succès prouvent que son action réalise les vœux du médecin, la guérison du malade. — Flac. : **3 fr. et 6 fr.**

**En dépôt dans les Pharmacies de tous pays.**

3.

# EAU DENTIFRICE DU Dr JACKSON

**L'Eau dentifrice** du docteur JACKSON, calme à l'instant les plus violents maux de dents, elle empêche la formation du tartre qui altère l'émail, et leur donne une blancheur et un brillant remarquables. Comme antiscorbutique, cette Eau raffermit et cicatrise les gencives molles, saignantes, boursouflées et prévient la carie. — Par son arome balsamique elle maintient la bouche fraîche, rend l'haleine suave et avive le coloris des gencives. C'est, en un mot, le meilleur, le plus efficace et le plus agréable des dentifrices connus jusqu'à ce jour. Aussi est-il préconisé journellement par les sommités médicales.

**Le prix du flacon est de 3 fr.**

Chez **TRABLIT** et Cᵉ, pharmaciens, 21, rue Jean-Jacques-Rousseau, à Paris.

# ESSENCE DE CAFÉ

## C. TRABLIT ET Cᵉ

### 21, Rue Jean-Jacques-Rousseau, à Paris.

L'usage du café est aujourd'hui si répandu, qu'il n'est pas de ménage où l'on ne prépare à l'avance du café concentré pour obtenir, à l'instant même, du café noir par son mélange avec de l'eau chaude, ou du café au lait pour déjeuner. Mais toutes ces préparations ne peuvent donner qu'un café médiocre par la difficulté qu'on éprouve à concentrer la liqueur sans dégager l'arome, principe dans lequel résident les principales qualités du café.

Au moyen d'appareils dont je suis inventeur et seul propriétaire, je suis parvenu à concentrer sous un petit volume tous les principes du café en lui conservant son parfum.

### MANIÈRE D'EMPLOYER L'ESSENCE DE CAFÉ

Pour *café au lait*, versez au moment de le prendre une ou deux cuillerées à café d'Essence dans votre bol de lait chaud et sucré.

*Café à l'eau.* Faites chauffer l'eau dans la cafetière même qui doit servir à préparer le café ; l'eau *bien bouillante*, on ajoutera une ou deux cuillerées à café d'Essence par *tasse d'eau mesurée à l'avance*. On laisse infuser près du feu, *sans bouillir*, pendant cinq à dix minutes, puis on sert.

**Prix** : 1 Flacon de 15 tasses, 1 fr. 50 c. — 12 Flacons. 15 fr.

*à l'Établissement, rue J.-J.-Rousseau, 21.*

### BOISSON RAFRAICHISSANTE

Essence de café, 1 flacon, sucre blanc, 500 gr. | 
Eau-de-vie, 250 gr., eau ordinaire, 20 litres. | mêlez.

Cette boisson tonique est des plus agréables pendant les chaleurs.

# POUGUES-LES-EAUX

### FRANCE, NIÈVRE, ARRONDISSEMENT DE NEVERS.

*Pougues*, station du chemin de fer de *Lyon (Bourbonnais)*, à cinq heures seulement de Paris, est situé dans une riche vallée très-pittoresque, dite Vallée de la Loire, au milieu d'un triangle isocèle dont les deux côtés égaux sont Nevers et la Charité sur-Loire.

C'est surtout l'une des contrées les plus salubres où n'a jamais régné aucune épidémie, et le voisinage de Nevers, chef-lieu du département, très-curieux à visiter, et des grands établissements métallurgiques de Fourchambault, de Guérigny, d'Imphy, etc., offrent aux malades ou aux touristes des buts d'excursions variés et instructifs.

Dès le XVIᵉ siècle, à une époque où les communications étaient difficiles, les Eaux minérales de Pougues attiraient une foule nombreuse et choisie, et les rois et les hauts personnages de la cour ne craignaient pas d'affronter les difficultés d'un long voyage pour y venir chercher le rétablissement de leur santé, que leur promettaient les médecins les plus en renom. Henri II, Henri III, Catherine de Médicis, Henri IV, Louis XIII, Louis XIV, le cardinal de Retz, le prince de Conti, etc., sont des noms chers à Pougues, qui garde précieusement le souvenir de leur visite et des témoignages de leur reconnaissance.

Après deux siècles écoulés, les eaux de Pougues ont retrouvé, comme par le passé, la même faveur qui s'explique tout à la fois et par les propriétés incontestables des eaux, et par la sollicitude des propriétaires successifs à l'égard de l'ancienne *source nivernaise ou source Saint-Léger* dont la réputation curative est confirmée par *trois siècles* de succès constants. Du reste, la *source Saint-Léger*, la seule qui ait opéré les cures authentiques, a été déclarée d'intérêt public par décret impérial du 4 août 1860.

Les eaux de Pougues, captées à la suite des travaux de M. Jules François dans deux puits profonds, sont *alcalines, ferrugineuses, iodées, gazeuses*, apéritives et essentiellement reconstituantes. L'une de ces sources, exclusivement consacrée à la boisson, très-riche en gaz acide-carbonique, est constamment en ébullition : c'est la *source Saint-Léger*, et *l'eau y est bue gratuitement ;* l'autre, la source *Saint-Marcel*, beaucoup moins gazeuse, ne sert qu'à alimenter les citernes pour le service balnéaire de l'*établissement* qui renferme en même temps un aménagement d'*hydrothérapie complète.*

La composition de ces eaux révélée par diverses analyses, dont la première est de Costel (1768) et les dernières de MM. Boullay et Henry (1837), et de M. Mialhe en 1857, en détermine d'une manière précise les indications thérapeutiques : comme *alcalines*, elles conviennent dans les affections des voies urinaires, telles que gravelle, catarrhe de vessie et goutte ; dans les engorgements des organes de l'abdomen, foie, rate et pancréas ; dans les troubles de la digestion et dyspepsies ; comme *ferrugineuses*, elles conviennent aux chloroses, aux anémies, aux convalescences et maladies des femmes ; enfin comme *iodées* elles s'adressent à toutes les manifestations de la scrofule.

La saison des eaux commence le 15 mai, et finit le 1er octobre.

La Compagnie propriétaire a marché résolument dans la voie du progrès. Un beau Casino a été construit, et on y trouve tous les journaux et les principales revues de Paris. Plusieurs salons richement décorés, s'ouvrent quatre fois par semaine, soit pour des concerts. soit pour des bals ; les autres jours de la semaine sont consacrés à la représentation de vaudevilles et d'opérettes, par une troupe exclusivement destinée au théâtre de Pougues. Enfin tous les jours, de 3 à 5 heures, un orchestre choisi se fait entendre dans le parc de l'établissement.

Tout ce côté mondain de la station : concerts, bals, théâtre, musique, fêtes vénitiennes, etc., est sous la direction de M. Michiels, artiste au théâtre impérial des Italiens.

HOTELS CONFORTABLES, CHALETS pour familles, avec écurie, remise et jardins ; *maisons meublées* avec appartements ou chambres, à des prix modérés.

Société à responsabilité limitée (capital 500,000 fr.), M. Charles Lasseron et Cᵒ.

MÉDECIN-INSPECTEUR : M. le Dʳ Logerais.

Ligne de Lyon, par le Bourbonnais, *station de Pougues.* — Durée du trajet : 5 heures. — Première classe : 27 fr.

Pour tous renseignements, envois de Notices, ou demandes d'eau de la *source Saint-Léger*, s'adresser au *gérant de l'établissement*, à Pougues-les-Eaux (Nièvre).

Vue générale de l'établissement de Pougues-les-Eaux (Nièvre).

LE

# MONDE THERMAL

Journal Hebdomadaire

**HYDROLOGIE, HYDROTHÉRAPIE
EAUX MINÉRALES, BAINS DE MER
STATIONS D'HIVER.**

Un An : 15 francs.

# ALBUM UNIVERSEL

DES EAUX MINÉRALES

BAINS DE MER & STATIONS D'HIVER

Prix broché : 10 francs.

RÉDACTION ET ADMINISTRATION

**61, boulevard Sébastopol**

PARIS.

# FABRIQUE DE SIPHONS POUR EAUX GAZEUSES

MÉDAILLE 1863. — MÉDAILLE 1864.

## E. MONROY & C^{IE}

brevetés s. g. d. g.

### USINE A VAPEUR : 34, RUE POPINCOURT

PRÈS LE BOULEVARD DU PRINCE-EUGÈNE

PARIS.

Appareils à Eaux Gazeuses, Machines à embouteiller, Pompes à Sirops, Robinets, Machines à vapeur, etc.

SIPHONS, petit levier, 2 fr. 20. — SIPHONS, grand levier, 2 fr. 30.

Paris. — Typ. L. Guérin, 26, rue du Petit-Carreau.